Der kleine Seehund

Robin, der kleine , lebt auf einer im . Er lebt dort mit der frechen , der alten , dem dicken  und mit vielen anderen .

Robin ist oft mit Joschi zusammen.

Joschi ist ein großer .

Von dem kann Robin noch viel

lernen. „Pass auf, ich zeig dir was!",

ruft Joschi dem kleinen 🦭 zu.

Er springt von einem 🪨 und

stürzt sich kopfüber in die 🌊.

Der kleine 🦭 reckt sich, damit

er besser sehen kann. Joschi fängt

einen 🐟. Er wirft ihn hoch und

fängt ihn dann mit dem 🦭 auf.

„Das will ich auch können!", ruft der kleine . Er taucht ins . Einen  hat Robin schnell gefangen. „Wirf ihn hoch!", ruft Joschi. „Das schafft er doch nie!", kreischt die  Mathilda.

Robin schleudert den , so hoch er kann. Dann reißt er weit das auf. Der klatscht neben Robin ins . „Daneben, daneben", kreischt die Mathilda und holt sich den .

Aber der kleine  schleudert schon einen zweiten hoch.

Die  legt ihre an.

Sie saust dicht über Robin hinweg

und schnappt sich den 🐟 .

„He, diesmal hätte ich ihn erwischt!",

ruft der kleine 🦭 empört.

Aber der 🐟 ist der 🦅 viel zu

schwer. Er fällt ihr aus dem 🦜 .

Robin fängt ihn mit dem 🦭 auf.

„Ich war sowieso schon satt", sagt

Mathilda und fliegt davon. Das hört

der kleine  gar nicht mehr.

Er ist längst wieder abgetaucht.

 hochwerfen gefällt ihm.

Viel Müll

Der 🏖 ist fürchterlich schmutzig. Die 🌊 haben alles Mögliche angespült. Robin wundert sich, was alles ins 🌊 geschmissen wird. Hier liegt ein alter 🗑. Da eine 🍾 und ein

kaputtes  . Und dort ein .

„So kann es nicht weitergehen",

sagt das dicke  . Auch die

alte beklagt sich: „Ich habe

mich fast an einer  geschnitten."

„Ich weiß was!", ruft Robin plötzlich.

„Wir packen alles in die große dort drüben. Dann ist unser wieder sauber." – „Und die

bringen einfach alles dahin zurück,

wo es herkommt", sagt Joschi.

Sogar das dicke  robbt

mit den  hin und her.

Alles, was nicht an den

gehört, landet in der großen !

Ein , eine verrostete

und auch die gefährliche .

Die  wird voll bis oben hin.

Joschi knotet ein langes an

einen , der aus der ragt.

Das dicke  schleppt die

zum . Und die

bringen sie dorthin, wo die

stehen. Endlich ist Robins

wieder sauber.

Die Wörter zu den Bildern:

 Seehund

 Walross

 Insel

 Felsen

 Meer

 Wellen

 Möwe

 Fisch

 Schildkröte

 Maul

Flügel
 Gummistiefel
 Schnabel
 Dose
 Strand
 Kiste
 Sack
 Delfine
 Flasche
 Eimer
 Ruder
 Zange

 Seil

 Häuser

 Nagel

Dieses Heft ist auf chlorfrei gebleichtem Papier gedruckt.

Die Deutsche Bibliothek – CIP-Einheitsaufnahme

Hallo, kleiner Seehund /
Werner Färber ; Michael Schober.
– 1. Aufl. – Bindlach : Loewe, 1998
(Billebu)
ISBN 3-7855-3301-2

ISBN 3-7855-3301-2 – 1. Auflage 1998
© 1998 Loewe Verlag GmbH, Bindlach
Geschichten entnommen aus: *Lirum Larum Bildermaus –
Geschichten vom kleinen Seehund*
Umschlagillustration: Michael Schober
Reihengestaltung: Angelika Stubner/
Pro Design, Klaus Kögler
Gesamtherstellung: Graphicom Srl., Vicenza
Printed in Italy